名牌小学入学必备

学英语

主编：刘益宏

最科学的指导方法

最权威的编排体例

学练结合 学习帮手

举一反三 活学活用

江西美术出版社

图书在版编目(CIP)数据

学英语 / 刘益宏主编. -- 南昌：江西美术出版
社, 2015.4

（名牌小学入学必备）

ISBN 978-7-5480-3427-8

Ⅰ.①学… Ⅱ.①刘… Ⅲ.①英语课—学前教育—教
学参考资料 Ⅳ.①G613.2

中国版本图书馆 CIP 数据核字(2015)第 068383 号

赣版权登字-06-2015-124

主　　编：刘益宏　　责任编辑：刘滟　　责任印制：谭勋

出　　版：江西美术出版社（南昌市子安路 66 号　　邮编：330025）

网　　址：www.jxfinearts.com

经　　绍：全国新华书店　　　　营销电话：0791-86566127

印　　刷：武汉三川印务有限公司

开	本：889mm × 1194mm 1/20	印	张：9
版	次：2015 年 4 月第 1 版	印	次：2015 年 4 月第 1 次印刷
书	号：ISBN 978-7-5480-3427-8	定	价：25.00 元

学英语

目录

1　英文字母表

3　A.B的练习

5　C.D的练习

7　E.F的练习

9　G.H的练习

11　I.J的练习

13　K.L的练习

15　M.N的练习

17　O.P的练习

19　Q.R的练习

21　S.T的练习

23　U.V的练习

25　W.X的练习

27　Y.Z的练习

28　认一认身体

29　练习题

30　认一认头部

31　认一认嘴巴

32　认一认手

33　认一认动作（一）

34　认一认动作（二）

35　认一认动作（三）

36　认一认动作（四）

37　认一认动作（五）

38　认一认表情

39　练习题

41　认一认身体部位（一）

42　认一认身体部位（二）

43　练习题

46　认一认颜色

37　练习题

48　认一认数字

49　练习题

目录

学英语

50 认一认数字11~15

51 认一认四季

52 认一认月份

53 练习题

54 认一认天气

55 练习题

56 认一认自然

57 认一认星期

58 认一认时间

59 认一认水果（一）

60 认一认水果（二）

61 练习题

62 认一认蔬菜

63 练习题

64 认一认调料

65 认一认肉类和海鲜

66 认一认食物

67 练习题

68 认一认饮品

69 练习题

70 认一认乐器

71 练习题

72 认一认衣物

73 练习题

74 认一认家人

75 认一认人物

76 询问名字

77 介绍自己

78 认一认玩具

79 练习题

80 这是什么？

81 这些是什么？

82 生日派对

学英语

目录

83 打招呼

84 认一认国旗

85 练习题

86 读一读句子

87 练习题

88 我的房间

89 认一认体育运动

91 练习题

92 认一认交通工具

93 练习题

95 认一认建筑物

97 练习题

98 认一认方向

99 练习题

100 认一认学习用品

101 练习题

102 认一认洗漱用品

103 练习题

104 认一认日常用品

105 练习题

106 比一比

107 我的餐具

108 练习题

109 认一认动作

110 练习题

111 认一认职业

112 练习题

113 我的一天

114 练习题

115 认一认花草树木

116 认一认自然景观

117 我的爱好

118 读一读句子

119 练习题

120 认一认电话

121 练习题

122 问路

123 练习题

124 认一认节日

126 练习题

127 表示祝福的句子

目录

学英语

128 练习题

129 认一认时间

130 学短语

131 练习题

132 认一认家用电器

133 练习题

134 认一认武器

135 练习题

136 认一认学科

137 练习题

138 认一认房间（一）

139 练习题

140 认一认房间（二）

141 练习题

142 认一认反义词

143 练习题

144 称赞别人

145 练习题

146 认一认动物

148 练习题

150 唱一唱儿歌

151 读一读故事

157 综合练习题（一）

161 综合练习题（二）

163 综合练习题（三）

169 综合练习题（四）

173 综合练习题参考答案

英文
字母表

A B C D E F G H I J

K L M N O P Q

R S T U V W X Y Z

a b c d e f g h i j

k l m n o p q

r s t u v w x y z

1

/eɪ/

apple
/ˈæpl/
苹果

abacus
/ˈæbəkəs/
算盘

A a   A a   A a   A a

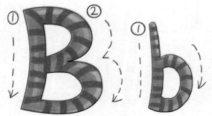

/biː/

banana
/bəˈnɑːnə/
香焦

bee
/biː/
蜜蜂

B b   B b   B b   B b

A、B 的练习

练习 1

请找出图中分别有几个 A、几个 a，并把它们圈出来。

练习 2

请把右图中单词里的字母 b 圈出来。

bottle

box

bowl

baby

bag

bear

car
/kɑ:/
小汽车

cake
/keɪk/
蛋糕

/si:/

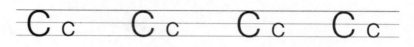

duck
/dʌk/
鸭子

door
/dɔ:/
门

/di:/

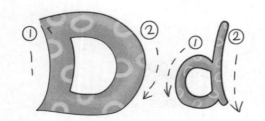

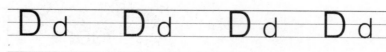

C、D 的练习

练习 1 请在小猫的尾巴上画上 C，在小狗的头上画上 D，在小象的背上画上 c，在小猪的身上画上 d。

练习 2 请根据下面的例子，在空白处填上相应的字母或画出相应的图形。

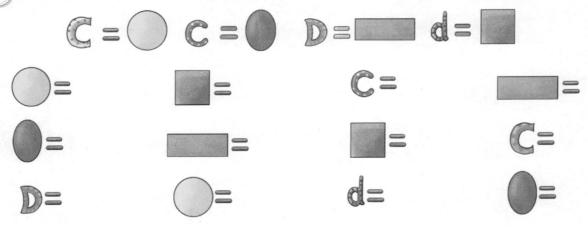

练习 3 CD 是什么？请在表示该事物的括号内画 "√"。

( )   ( )   ( )

/i:/

elephant
/'elɪfənt/
大象

egg
/eg/
鸡蛋

Ee　Ee　Ee　Ee

/ef/

fork
/fɔːk/
叉子

food
/fuːd/
食物

Ff　Ff　Ff　Ff

E、F 的练习

练习 1 仔细观察下面字母的排列顺序，请在没有字母的图形旁填上相应的字母。

练习 2 请找出下面单词中的 e 和 f，把它们圈出来。

feeder 饲养员　　bread 面包　　flame 火焰　　file 文件　　fable 寓言

/dʒi:/

girl
/gɜ:l/
女孩

glass
/glɑ:s/
玻璃

G g   G g   G g   G g

hat
/hæt/
帽子

house
/haʊs/
房子

/eɪtʃ/

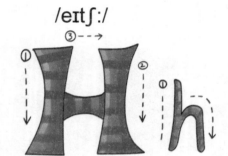

H h   H h   H h   H h

G、H 的练习

练习 1 根据所给的字母拼写单词。

 Hamburger

_____

Goose

_____

Handkerchief

_____

Goodbye

_____

练习 2 请找出出现在图中的字母，写在图的右边。

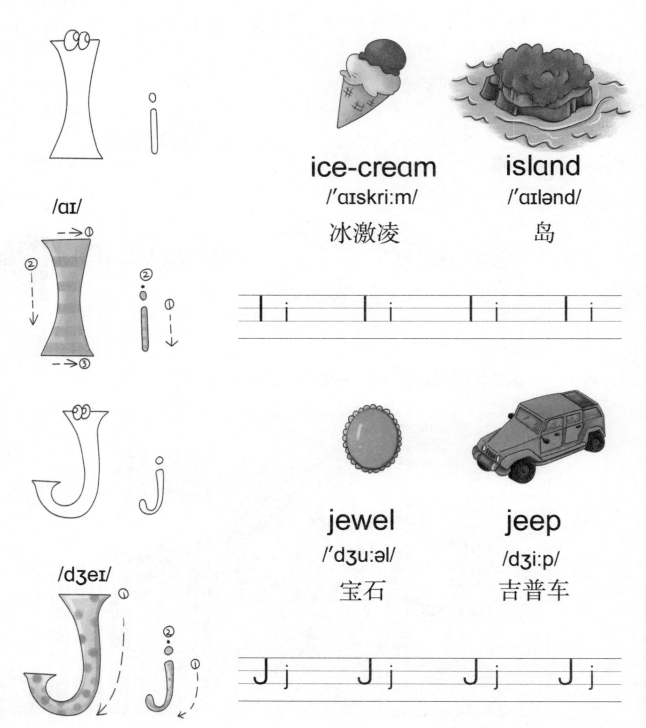

/aɪ/

ice-cream
/ˈaɪskriːm/
冰激凌

island
/ˈaɪlənd/
岛

i   i   i   i

/dʒeɪ/

jewel
/ˈdʒuːəl/
宝石

jeep
/dʒiːp/
吉普车

Jj   Jj   Jj   Jj

I、J 的练习

练习 1 拼一拼字母，并给字母组成的单词所代表的图形涂上颜色。

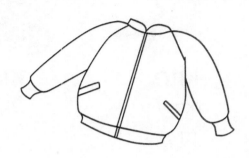

jacket 夹克衫　　judge 法官

练习 2 请给属于大写的字母涂上红色，给属于小写的字母涂上绿色。

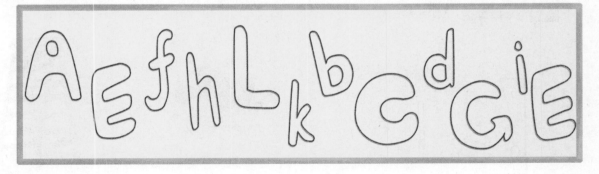

练习 3 请按照英文字母的顺序，把缺失的字母补上。

/keɪ/

kite
/kaɪt/
风筝

kiss
/kɪs/
吻

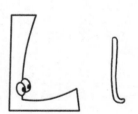

/el/

leaf
/li:f/
叶子

ladder
/ˈlædə/
梯子

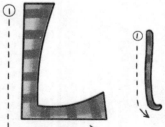

K、L 的练习

练习 1 猜一猜下列图片像哪个英文字母，并抄写两遍。

它们是： _____

_____

练习 2 连一连，请把单词与正确的图形相连。

kite

kiss

king

knife

kangaroo

练习 3 狮子的英文单词藏在它的身体上，请按从左往右的顺序依次写出来。

它们是： _____

monkey

/ˈmʌŋkɪ/

猴子

moon

/muːn/

月亮

/em/

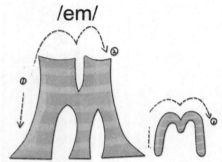

Mm Mm Mm Mm

navy

/ˈneɪvɪ/

海军

necklace

/ˈnekləs/

项链

/en/

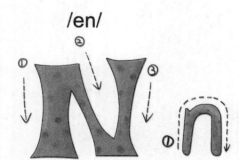

Nn Nn Nn Nn

M、N 的练习

练习 1 数一数,图中大写字母 M、N 有几个?小写字母 m、n 有几个?

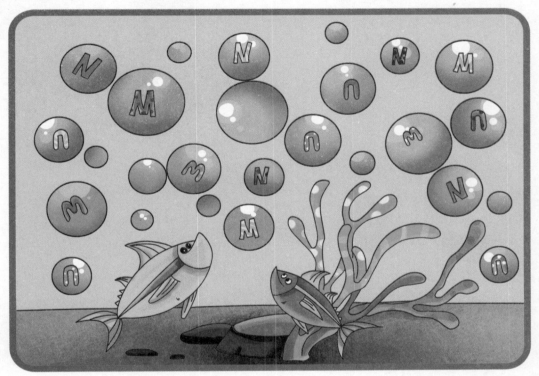

练习 2 字母排排站,看一看,哪几个字母站错了位置? 它们应该站哪里? 把正确的字母顺序写在横线上。

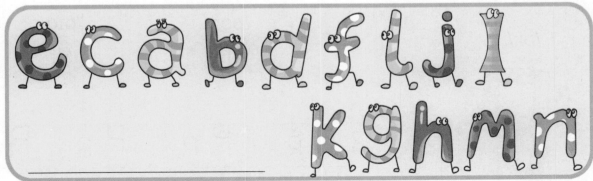

_____

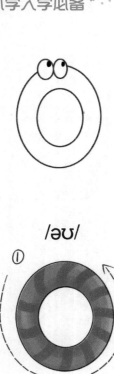

/əʊ/

orange

/ˈɒrɪndʒ/

橘子

ocean

/ˈəʊʃn/

海洋

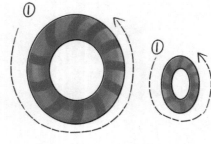

pen

/pen/

钢笔

pig

/pɪg/

猪

/piː/

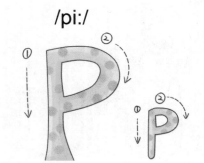

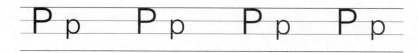

O、P 的练习

 1 练习 在这个物体里面，有多少个开头带"o"的单词？

2 练习 请按从左往右的顺序找出组成孔雀这个单词的字母，填写下来。

 3 练习 哪张图片里面既有字母o又有字母p？找一找，圈出来。

/kju:/

queen
/kwi:n/
女王

quilt
/kwɪlt/
被子

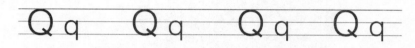

Qq Qq Qq Qq

/ɑ:/

rabbit
/ˈræbɪt/
兔子

rain
/reɪn/
雨

Rr Rr Rr Rr

Q、R 的练习

练习 1 数一数字母 O、P、Q、R 分别有几个,将数字填在下面的方框中。

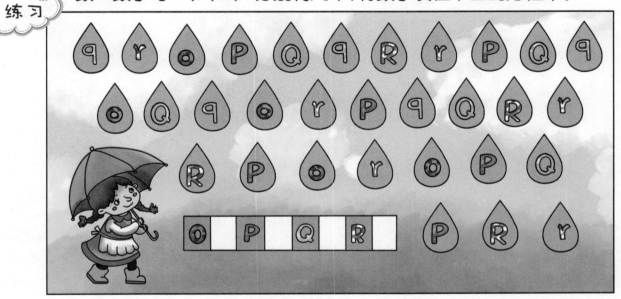

练习 2 请按照字母 O、P、Q、R 的先后顺序帮小熊找到出口。

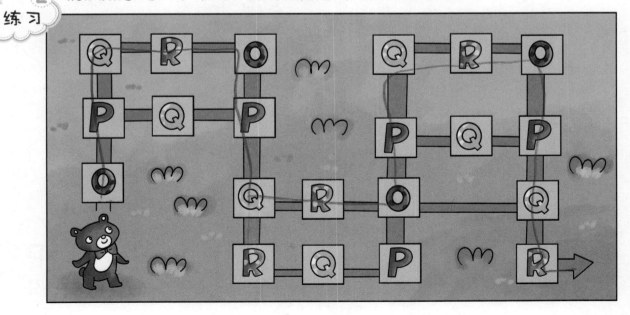

/es/

star
/stɑ:/
星星

ship
/ʃɪp/
轮船

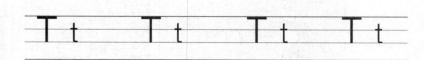

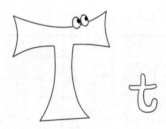

/ti:/

tree
/tri:/
树

tea
/ti:/
茶

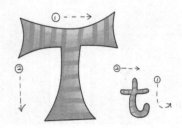

S、T 的练习

练习 1 网中隐藏了多少个 S 呢？请把它们全部找出来，圈起来。

练习 2 请找出不是字母 t 开头的卡片，圈出来。

table   tape   tie   tag

tailor   key   gold

/ju:/

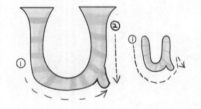

umbrella
/ʌm'brelə/
雨伞

umpire
/'ʌmpaɪə/
裁判

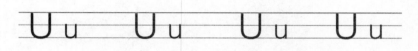

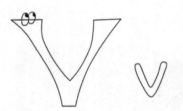

/vi:/

vase
/vɑ:z/
花瓶

vitamin
/'vɪtəmɪn/
维生素

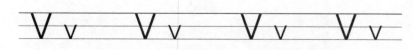

U、V 的练习

练习 1 请把标有字母 U 的袜子找出来。

练习 2 请给大写的字母 U 涂上蓝色，小写的字母 u 涂上黄色。涂好后看看像什么呢?

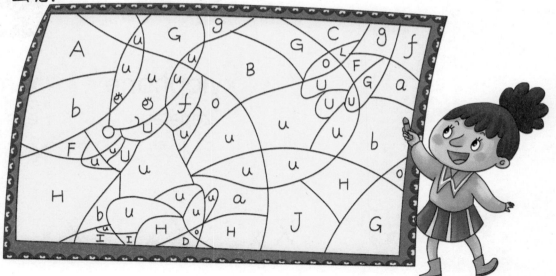

/ˈdʌblju:/

watch
/wɒtʃ/
手表

window
/ˈwɪndəʊ/
窗户

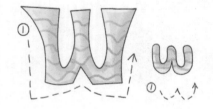

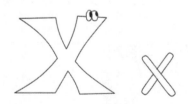

W w   W w   W w   W w

/eks/

xylophone
/ˈzaɪləfəʊn/
木琴

x-ray
/ˈeks,reɪ/
X-射线

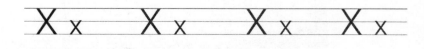

X x   X x   X x   X x

W、X 的练习

练习 1 请给包含 W 和 w 的圆圈涂色。

练习 2 哪两只动物钓到的是小写字母 x 和大写字母 W？

练习 3 找一找,小汽车里坐着哪两只小动物？

/waɪ/

yard
/jɑ:d/
院子

yoga
/ˈjəʊɡə/
瑜伽

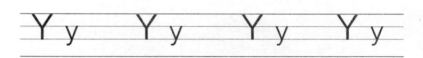

/zed/

zebra
/ˈzebrə/
斑马

zoo
/zu:/
动物园

Y、Z 的练习

练习 1 请按照字母顺序连起来，看看组成了什么。

练习 2 请将右图的字母表补充完整。

A		C	D		F	G
	I	J		L	M	
O	P	Q	R	S		U
V	W	X		Z		

认一认身体

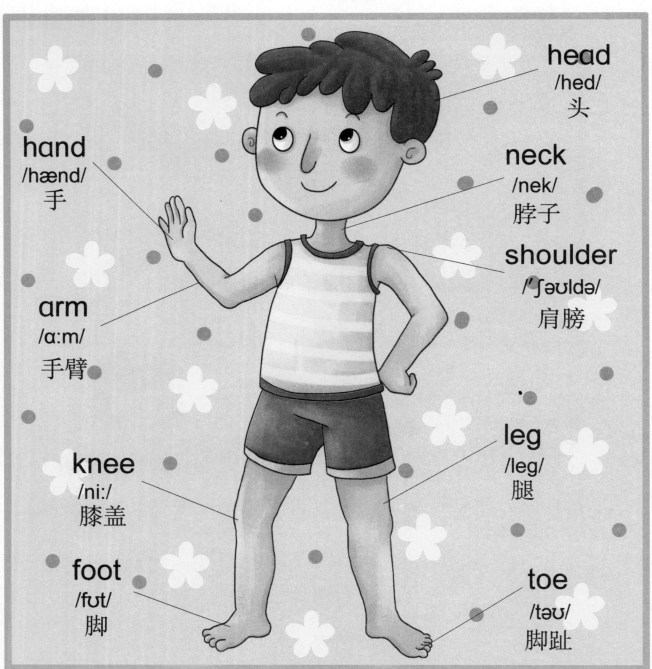

head
/hed/
头

hand
/hænd/
手

neck
/nek/
脖子

shoulder
/ˈʃəʊldə/
肩膀

arm
/ɑːm/
手臂

leg
/leg/
腿

knee
/niː/
膝盖

foot
/fʊt/
脚

toe
/təʊ/
脚趾

练习题

 练习　请根据前页图片，写出相应的英语单词。

_____

_____

_____

_____

_____

_____

_____

_____

认一认头部

eye /aɪ/ 眼睛

nose /nəʊz/ 鼻子

face /feɪs/ 脸

hair /heə/ 头发

eyebrow /ˈaɪbraʊ/ 眉毛

ear /ɪə/ 耳朵

chin /tʃɪn/ 下巴

认一认嘴巴

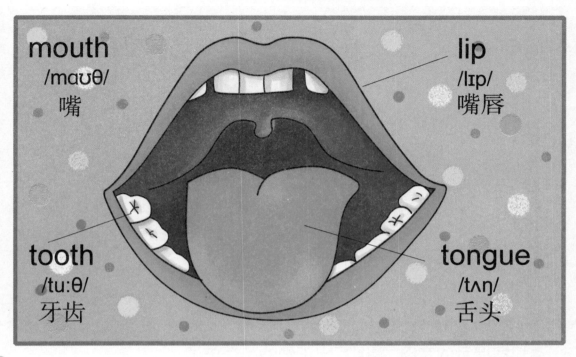

mouth
/maʊθ/
嘴

lip
/lɪp/
嘴唇

tooth
/tu:θ/
牙齿

tongue
/tʌŋ/
舌头

练习

请穿过中间的障碍物，把两边相对应的图和单词连线。

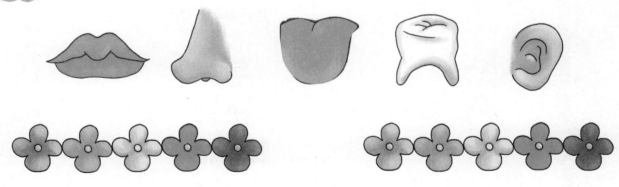

ear   lip   nose   tooth   tongue

认一认手

finger /ˈfɪŋgə/ 手指
palm /pɑːm/ 手掌
wrist /rɪst/ 手腕
back /bæk/ 手背
nail /neɪl/ 指甲

练习 请根据提示的字母，看图写出正确的英语单词。

inergf _____
tsrwi _____
lain _____
bcka _____
pmla _____

认一认动作（一）

run

/rʌn/

跑

jump

/dʒʌmp/

跳

kick

/kɪk/

踢

step

/step/

跨步

练习 根据所给的图片补齐相应动作的单词。

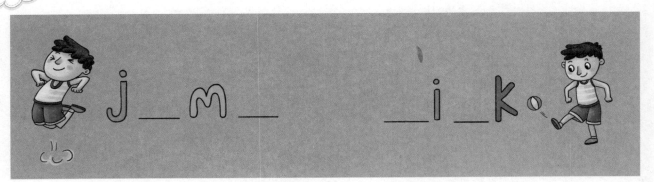

j_m_   _i_k

认一认动作（二）

stand
/stænd/
站立

jog
/dʒɒg/
慢跑

applaud
/əˈplɔːd/
拍手

clap
/klæp/
击掌

练习　在下图"击掌"的英文单词处涂上蓝色，会出现什么呢？

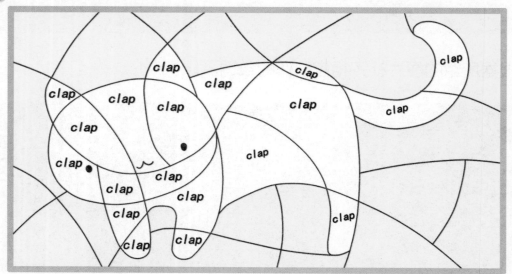

认一认动作（三）

blink
/blɪŋk/
眨眼睛

stare
/steə/
盯着看

peek
/piːk/
偷看

练习　练习写单词。

blink

peek

认一认动作（四）

chew	lick	whistle	yawn
/tʃuː/	/lɪk/	/ˈwɪsl/	/jɔːn/
咀嚼	舔	吹口哨	打哈欠

练习 请按照上述单词中开头字母 c、l、w、y 的次序，帮小女孩找到书包。

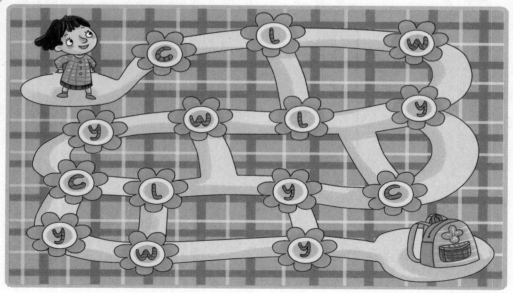

认一认动作（五）

suck /sʌk/ 吮吸	cough /kɒf/ 咳嗽	burp /bɜːp/ 打嗝

练习　根据图片，判断旁边的单词是否正确。请在方框中画上"√"或"×"。

chew ☐

lick ☐

cough ☐

burp ☐

认一认表情

anger
/'æŋgə/
生气

sad
/sæd/
悲伤

smile
/smaɪl/
微笑

cry
/kraɪ/
哭

happy
/'hæpɪ/
高兴

nervous
/'nə:vəs/
紧张

scare
/skeə/
惊吓

shy
/ʃaɪ/
害羞

练习题

 1 练习 请根据单词,在下面空白的脸上画上相应的表情。

cry

smile

anger

shy

练习题

练习 2 请问图中的小朋友分别是身体的哪部分不舒服？写出它们的英文名称。

练习 3 请找一找图片中有哪些五官出现，大声说出它们的英文名称。

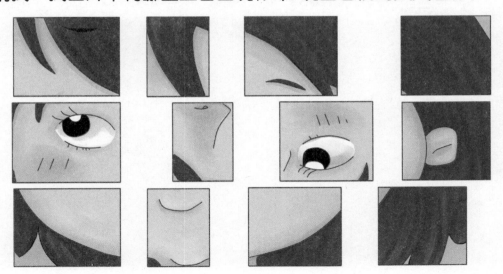

名牌小学入学必备

练习 4 下图中的物品分别使用在身体的哪个部位？请把它们连起来，并说说每个部位的英文单词。

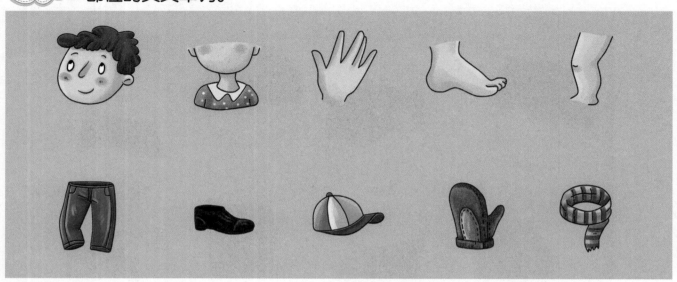

练习 5

根据所给单词画图。

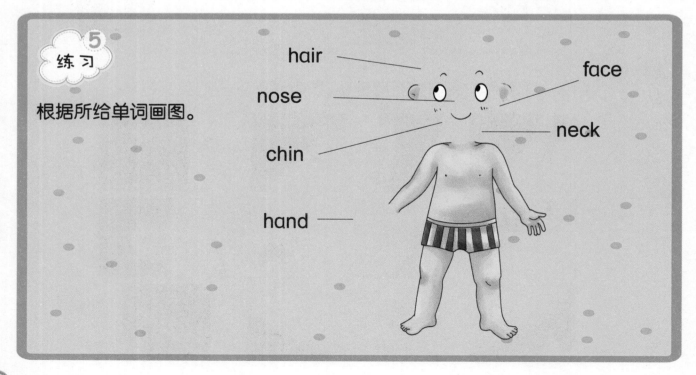

hair

nose

chin

hand

face

neck

40

认一认身体部位（一）

back
[bæk]
后背

buttock
/'bʌtək /
屁股

navel
/'neɪvl/
肚脐

chest
/tʃest/
胸部

waist
/weɪst/
腰

练习 1 请找出上图中c开头的英文单词，并指出它表示的身体位置。

练习 2 请找出上图中n开头的英文单词，并指出它表示的身体位置。

认一认身体部位（二）

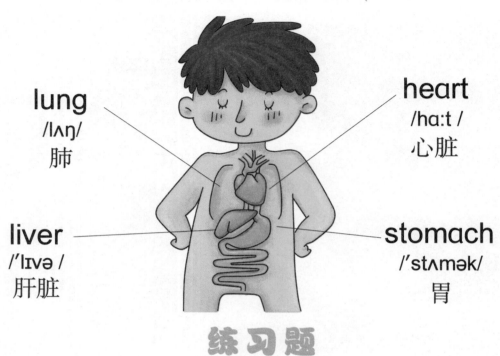

lung
/lʌŋ/
肺

heart
/hɑ:t /
心脏

liver
/ˈlɪvə /
肝脏

stomach
/ˈstʌmək/
胃

练习题

练习 1 请根据例图，给相应的单词涂上正确的颜色或写出英文单词。

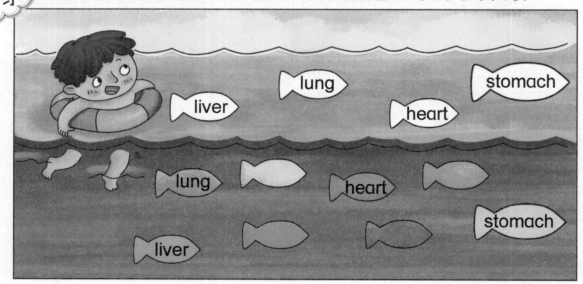

练习题

练习 2 请根据例子，把各身体部位归纳在相应的部分中，并说说每个部位的英文单词。

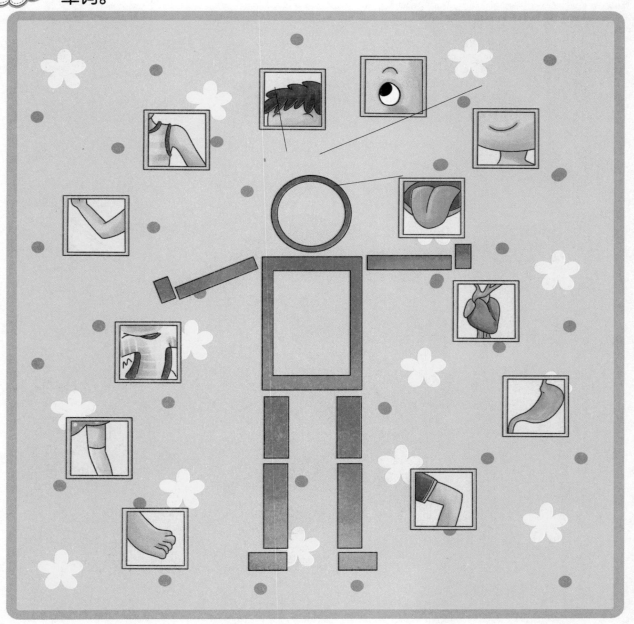

练习 3 走一走身体迷宫，并认一认卡片上的单词。若从身体的头部入口处进，那么出口在身体的哪个部位？

hand

heart

lung

arm

hand

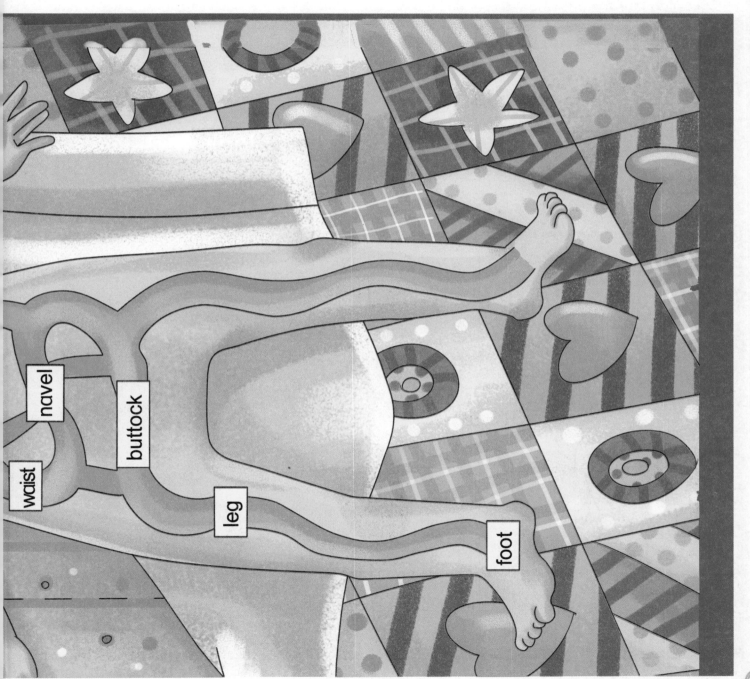

navel

waist

buttock

leg

foot

认一认颜色

red
/red/
红色

green
/gri:n/
绿色

blue
/blu:/
蓝色

yellow
/'jeləʊ/
黄色

purple
/'pɜ:pl/
紫色

pink
/pɪŋk/
粉色

black
/blæk/
黑色

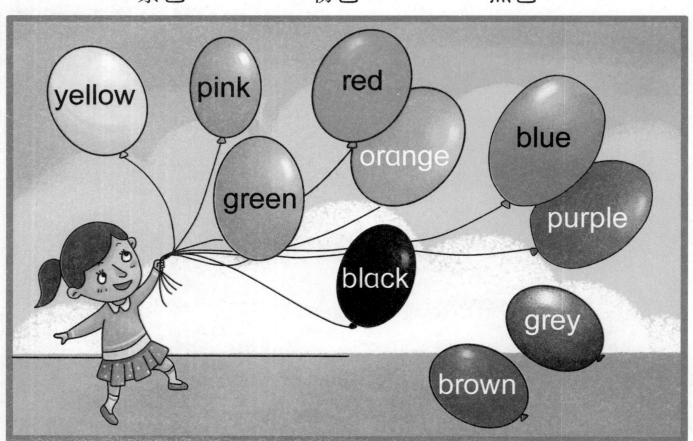

练习题

练习 1 请根据单词, 涂上相应的颜色。

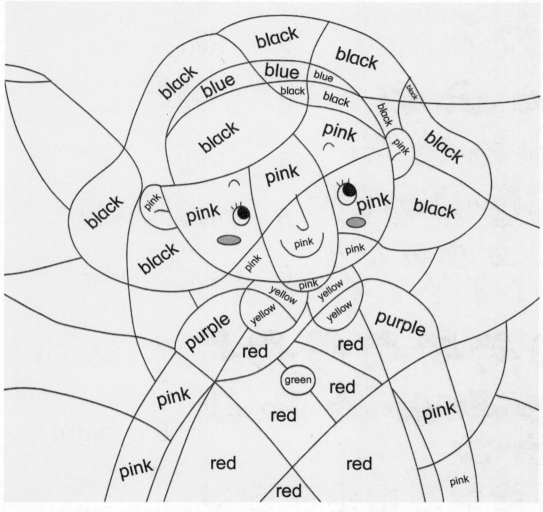

练习 2 请根据图片中气球的颜色, 写出相应颜色的英文单词。

 _____

 _____

 _____

认一认数字

1	one	/wʌn/
2	two	/tu:/
3	three	/θri:/
4	four	/fɔ:/
5	five	/faɪv/
6	six	/sɪks/
7	seven	/'sevn/
8	eight	/eɪt/
9	nine	/naɪn/
10	ten	/ten/

练习题

练习 1 请把数字与它相应的英文单词相连。

练习 2 请数一数它们的数量分别是多少,写上阿拉伯数字和相应的英文单词。

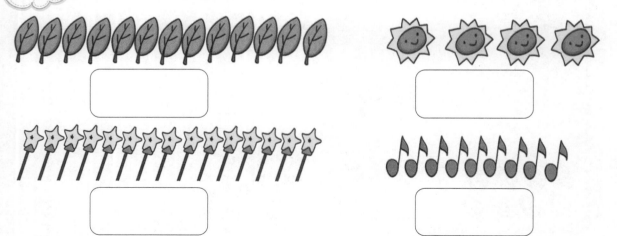

认一认数字 11 ～ 15

eleven /ɪˈlevn/ 11

twelve /twelv/ 12

thirteen /ˌθɜːˈtiːn/ 13

fourteen /ˌfɔːˈtiːn/ 14

fifteen /ˌfɪfˈtiːn/ 15

练习 请根据图片的数量写出相应的英文单词。

认一认四季

spring /sprɪŋ/ 春天

summer /ˈsʌmə/ 夏天

autumn /ˈɔːtəm/ 秋天

winter /ˈwɪntə/ 冬天

认一认月份

January /dʒænjuəri/ 1月

February /ˈfebruəri/ 2月

March /mɑːtʃ/ 3月

April /ˈeiprəl/ 4月

May /meɪ/ 5月

June /dʒuːn/ 6月

July /dʒuˈlaɪ/ 7月

August /ˈɔːgəst/ 8月

September /sepˈtembə/ 9月

October /ɒkˈtəʊbə/ 10月

November /nəʊˈvembə/ 11月

December /dɪˈsembə/ 12月

练习题

练习 1 按要求回答下面的问题。

你的生日在几月？请写下该月份的英文单词。

_____

你最喜欢几月份？请写下该月份的英文单词。

_____

通常哪几个月份是夏天？请写下这几个月份的英文单词。

_____

练习 2 请写出下列月份的英文单词。

9 月 _____

7 月 _____

5 月 _____

12 月 _____

认一认天气

sunny 晴朗的
/ˈsʌnɪ/

windy 多风的
/ˈwɪndi /

rainy 多雨的
/ˈreɪni/

cloudy 阴天的
/ˈklaʊdi/

snowy 多雪的
/ˈsnəʊi/

练习题

根据图片回答下面的问题。

What is the weather like today?

It is _____.

What is the weather like today?

It is _____.

What is the weather like today?

It is _____.

What is the weather like today?

It is _____.

What is the weather like today?

It is _____.

认一认自然

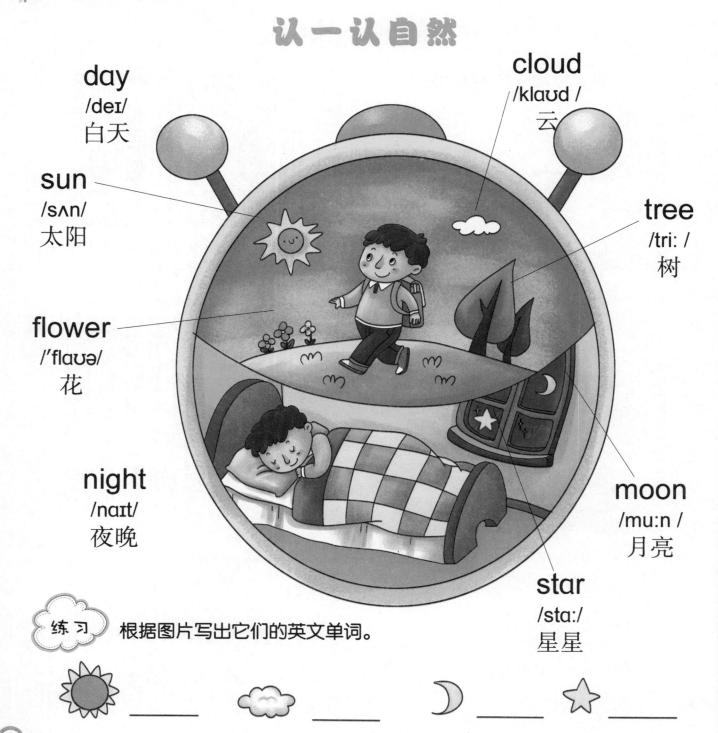

day /deɪ/ 白天

sun /sʌn/ 太阳

flower /ˈflaʊə/ 花

night /naɪt/ 夜晚

cloud /klaʊd/ 云

tree /triː/ 树

moon /muːn/ 月亮

star /staː/ 星星

练习 根据图片写出它们的英文单词。

____ ____ ____ ____

认一认星期

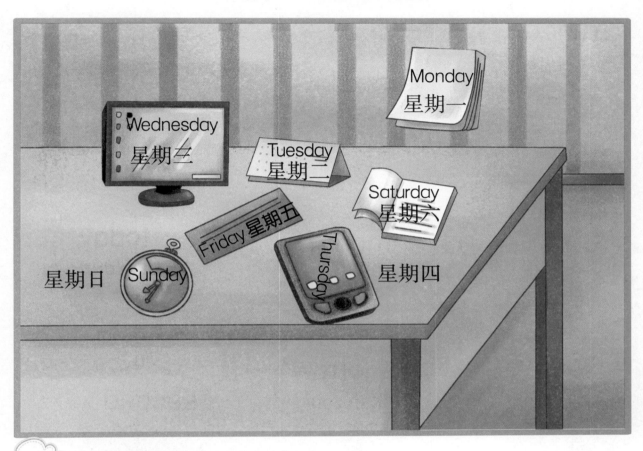

练习　根据下面的中文写出它们的英文单词。

星期一 _____　　星期二 _____

星期三 _____　　星期四 _____

星期五 _____　　星期六 _____

星期日 _____

认一认时间

练习 观察上图,找一找它们的英语单词。

画在"石榴"上的英语单词是什么? _____

画在"碗"上的英语单词是什么? _____

画在"苹果"上的英语单词是什么? _____

认一认水果(一)

watermelon

/ˈwɔːtəmelən /

西瓜

lemon

/ˈlemən/

柠檬

cherry

/ˈtʃerɪ /

樱桃

mango

/ˈmæŋgəu/

芒果

strawberry

/ˈstrɔːbərɪ/

草莓

pawpaw

/ˈpɔːpɔː/

木瓜

lychee

/ˈlaɪtʃiː/

荔枝

pear

/peə/

梨

认一认水果（二）

jujube
/'dʒu:dʒu:b/
枣子

pineapple
/'paɪnæpl/
菠萝

grape
/greɪp/
葡萄

loquat
/'ləʊkwɒt/
枇杷

peach
/pi:tʃ/
桃

blueberry
/'blu:bəri/
蓝莓

练习题

练习 1 仔细看看左图中有哪些水果,将它们与右边的英文单词相连。

grape

banana

apple

peach

pineapple

watermelon

练习 2 仔细看图,将英文单词补充完整。

_uju_e   l_qu_t   _l_e_e__y

认一认蔬菜

tomato

/təˈmɑːtəu/

西红柿

cabbage

/ˈkæbɪdʒ/

卷心菜

carrot

/ˈkærət/

胡萝卜

potato

/pəˈteɪtəu/

土豆

mushroom

/ˈmʌʃrum/

蘑菇

onion

/ˈʌnjən/

洋葱

eggplant

/ˈegplɑːnt/

茄子

spinach

/ˈspɪnɪtʃ/

菠菜

练习题

 练习 1 请根据例句完成下面的对话。

例句： What do you want to buy?
你想买点什么？

I want to buy tomatoes.
我想买西红柿。

What do you want to _____?

I want to buy _____es.

What do you _____to buy?

I want to buy_____s.

What_____you want to buy?

I want to buy_____s.

 练习 2 找一找它们的英文单词并连线。

lemon   pear

lychee

mango

watermelon

pawpaw

认一认调料

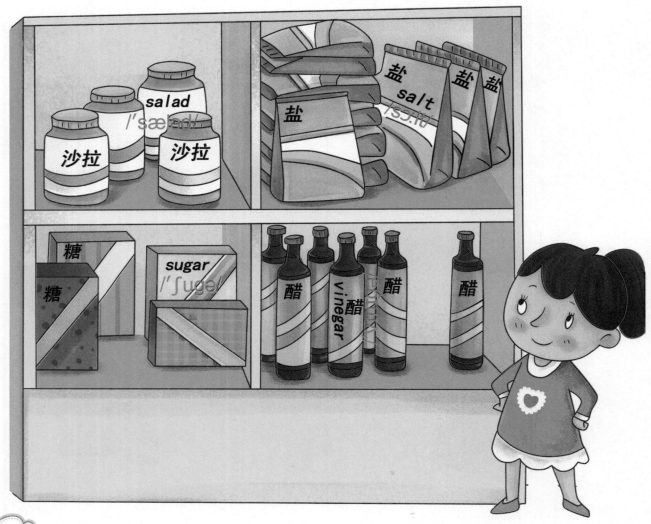

练习　仔细看上图，把它们的英文名称找出来写在横线上。

醋 ＿＿＿＿＿＿＿　　　盐 ＿＿＿＿＿＿＿

糖 ＿＿＿＿＿＿＿　　　沙拉 ＿＿＿＿＿＿＿

认一认肉类和海鲜

 beef
/biːf/
牛肉

 pork
/pɔːk/
猪肉

 chicken
/'tʃɪkɪn/
鸡肉

 mutton
/'mʌtn/
羊肉

crab /kræb/
 螃蟹

scallop
/'skɒləp/
 扇贝

oyster
/'ɔɪstə/
 牡蛎

jellyfish
/'dʒelifɪʃ/
 海蜇

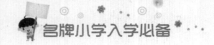

认一认食物

soup
/suːp/
汤

rice
/raɪs/
米饭

noodle
/'nuːdl/
面条

dumpling
/'dʌmpɪŋ/
饺子

pizza
/'piːtsə/
比萨

ham
/hæm/
火腿

cheese
/tʃiːz/
奶酪

cookie
/'kʊki/
饼干

练习题

 练习 1 请根据例句完成下面对话。

例句： What would you like?
你想买点什么？

I would like a piece of beef.
我想要一块牛肉。

What would you like?

I would like a piece of _____.

What would you _____?

I would like a _____.

What would you _____?

I would like _____s.

 练习 2 请根据例句完成下面对话。

例句：

I like pizza.
我喜欢吃比萨。

I do not like pizza.
我不喜欢吃比萨。

I like _____s.

I do not like _____.

I like _____.

I do not like _____.

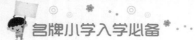

认一认饮品

milk
/mɪlk/
牛奶

yogurt
/ˈjɒgət/
酸奶

wine
/waɪn/
酒

coffee
/ˈkɒfi/
咖啡

beer
/bɪə/
啤酒

water
/ˈwɔːtə/
水

练习题

练习 1 你早餐吃什么?

ice-cream   egg   milk   cake

bread   cookies   noodle

My breakfast is _____.

练习 2 你午餐吃什么?

rice   tomato   carrot   cabbage   eggplant   mushroom

potato   spinach   pork   chicken   onion

My lunch is _____.

认一认乐器

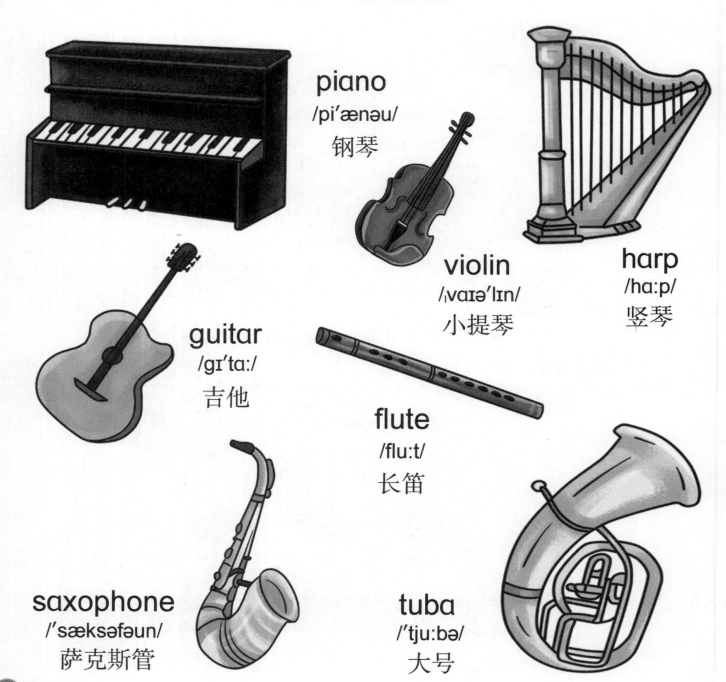

piano
/piˈænəu/
钢琴

violin
/ˌvaɪəˈlɪn/
小提琴

harp
/hɑ:p/
竖琴

guitar
/gɪˈtɑ:/
吉他

flute
/flu:t/
长笛

saxophone
/ˈsæksəfəun/
萨克斯管

tuba
/ˈtju:bə/
大号

练习题

 1 请在图片中圈出英文单词的对应物。

 ham

 milk

 water

 cookies

 2 请在右边的小旗帜上写出对应乐器的英文名称。

认一认衣物

jacket

/ˈdʒækɪt/

夹克衫

coat

/kəʊt/

外套

trousers

/ˈtraʊzəz/

裤子

sock

/sɔk/

短袜

glove

/glʌv/

手套

shirt

/ˈʃɜːt/

衬衫

skirt

/skəːt /

裙子

sweater

/ˈswetə/

毛衣

shoe

/ʃuː/

鞋

练习题

练习 1 请根据例句写出句子。

例句：

Put on your socks.
穿上你的袜子。

_____.
穿上你的裤子。

Take off your coat.
脱下你的外套。

_____.
脱下你的夹克衫。

练习 2 请分别写出下图中所指衣物的英文名称。

cap

认一认家人

father
/ˈfɑːðə/
爸爸

mother
/ˈmʌðə/
妈妈

grandpa
/ˈɡrænpɑː/
爷爷

grandma
/ˈɡrænmɑː/
奶奶

daughter
/ˈdɔːtə/
女儿

sister
/ˈsɪstə/
姐妹

brother
/ˈbrʌðə/
兄弟

son
/sʌn/
儿子

认一认人物

girl
/gɜːl/
女孩

boy
/bɔɪ/
男孩

man
/mæn/
男人

woman
/'wʊmən/
女人

练习 请根据例句完成下面句子。

例句：

This is my mother.

I love my mother.

She is a woman.

This is my _____.

I love my _____.

He is a _____.

This is my brother.

I love my _____.

He is a _____.

This is my sister.

I love my _____.

She is a _____.

询问名字

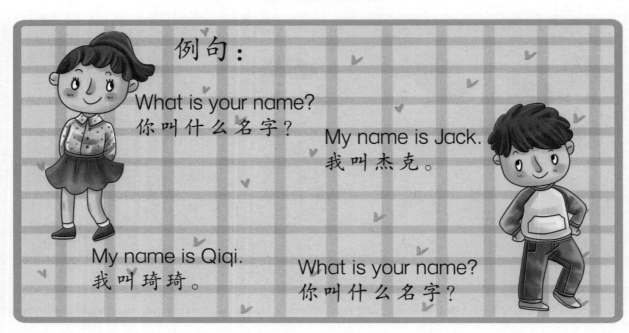

例句：

What is your name?
你叫什么名字？

My name is Jack.
我叫杰克。

My name is Qiqi.
我叫琦琦。

What is your name?
你叫什么名字？

练习 请根据上面的例句，完成小猫和小熊的对话。

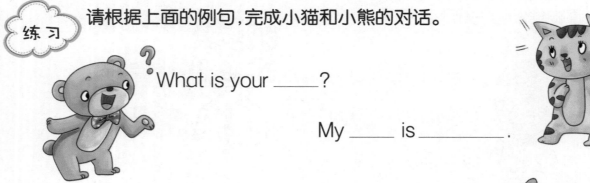

What is your _____?

My _____ is _____.

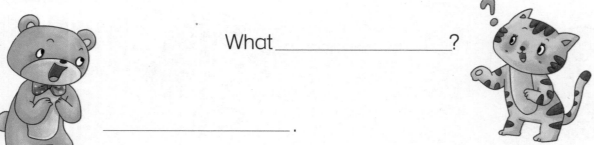

What_____?

_____.

介绍自己

Hi! I'm _____. （自己的名字）

I'm _____（ three,four…)years old.

I'm from _____.(Beijing,Shanghai…)

I'm a _____. （ girl/boy)

练习 介绍朋友。

This is_____. （朋友的名字）

She/He is _____ years old.

She/He is from _____.

She/He is my friend.

认一认玩具

yo-yo
溜溜球

barbie doll
芭比娃娃

木马
wooden horse

whistle
哨子

变形金刚
transformer

橡皮泥
plasticine

积木
building blocks

练习题

练习 请在下面的图片中找出左图出现的玩具，并说出它们的英文单词。

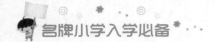

这是什么？

例句：　This is a dog.
　　　　这是一只狗。

This is a _____.
这是一只鸭子。

_____

_____

_____

_____

这些是什么?

例句: These are bananas.
这是些香蕉。

These are _____.
这是些苹果。

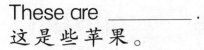

These are _____.

These _____.

_____

_____

生日派对

请根据英文单词，在下图中找到它们出现的位置吧！

cake	present	card	balloon	candle
/keɪk/	/'prezent/	/ka:d/	/bə'lu:n/	/'kændl/
蛋糕	礼物	卡片	气球	蜡烛

打招呼

Hi!
嘿！

How are you?
你好吗？

I am fine,thank you.

How old are you?
你几岁了？

I'm four years old.
我四岁了。

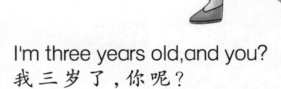

Hi!
嘿！

Fine,and you?
我很好，你呢？

I'm three years old,and you?
我三岁了，你呢？

 练习 请根据上面的例句写出下面的句子。

你好吗？ _____

我很好，谢谢。

你几岁了？

我五岁了。 _____

_____

认一认国旗

China

/'tʃaɪnə/

中国

America

/ə'merɪkə/

美国

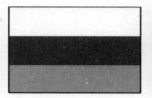

Russia

/'rʌʃə/

俄罗斯

France

/fra:ns/

法国

Britain

/'brɪtn/

英国

Germany

/'dʒɜ:mənɪ/

德国

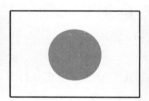

Japan

/dʒə'pæn/

日本

Brazil

/brə'zɪl/

巴西

Spain

/speɪn/

西班牙

Canada

/'kænədə/

加拿大

Singapore

/ˌsɪŋɡə'pɔ:/

新加坡

Turkey

/'tɜ:kɪ/

土耳其

练习题

 请根据他们的特征,回答问题。

Where are you from?

I am from_____.

Where are you from?

I am from_____.

Where are you from?

I am from_____.

Where are you from?

I am from_____.

Where are you from?

I am from_____.

Where are you from?

I am from_____.

读一读句子

Good morning.

Good evening.

Good night.

Good afternoon.

Mr. Zhu.

Miss Li.

Mr. Wang.

Miss Zhang.

练习题

练习 读一读句子,根据左右两侧图片回答问题。

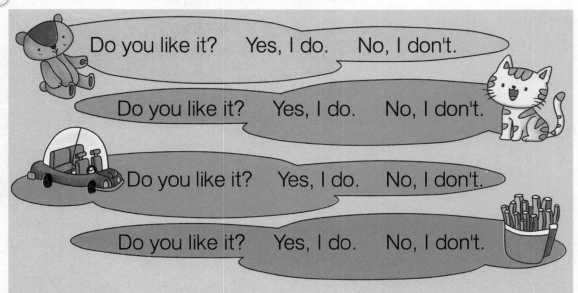

Do you like it?　　Yes, I do.　　No, I don't.

Do you like it?　　Yes, I do.　　No, I don't.

Do you like it?　　Yes, I do.　　No, I don't.

Do you like it?　　Yes, I do.　　No, I don't.

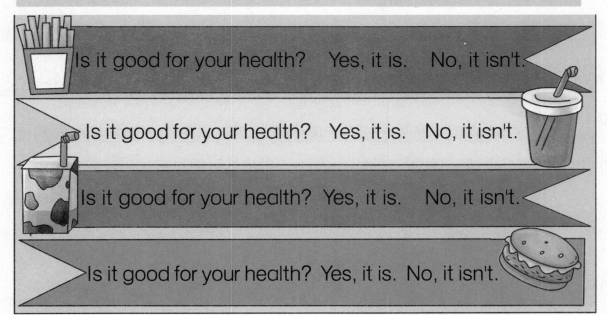

Is it good for your health?　　Yes, it is.　　No, it isn't.

Is it good for your health?　　Yes, it is.　　No, it isn't.

Is it good for your health?　Yes, it is.　　No, it isn't.

Is it good for your health?　Yes, it is.　No, it isn't.

我 的 房 间

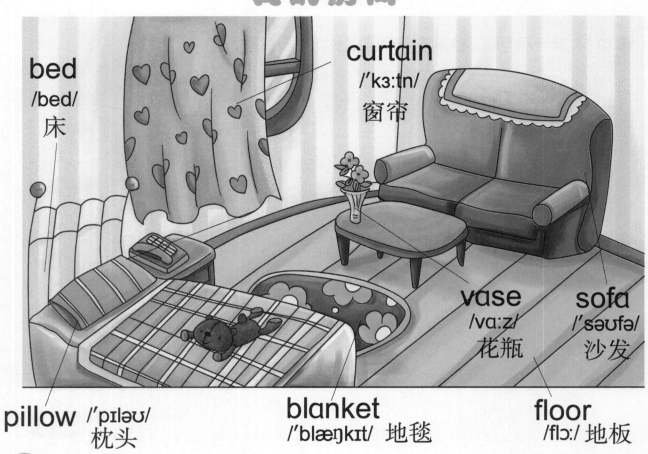

bed
/bed/
床

curtain
/'kɜ:tn/
窗帘

vase
/va:z/
花瓶

sofa
/'səʊfə/
沙发

pillow /'pɪləʊ/
枕头

blanket
/'blæŋkɪt/ 地毯

floor
/flɔ:/ 地板

练习 下列物品中,哪些出现在上图的房间里? 若出现了请在相应的方框内打钩。

sofa ☐

pillow ☐

kite ☐

book ☐

认一认体育运动

play football

踢足球

play basketball

打篮球

play table tennis

打乒乓球

play volleyball

打排球

play tennis 打网球

swimming 游泳

boxing 拳击

shooting 射击

diving 跳水

skiing 滑雪

judo 柔道

fencing 击剑

练习题

 练习 请根据例句完成句子。

例句：

I am going to play football. I am going to skiing. I am going to _____.

我打算去踢足球。 我打算去滑雪。 我打算去游泳。

I am going _____

_____ .

I am _____

_____ .

_____

_____

认一认交通工具

train
/treɪn/
火车

boat
/bəʊt/
小船

taxi
/'tæksɪ/
出租车

subway
/'sʌbweɪ/
地铁

plane
/pleɪn/
飞机

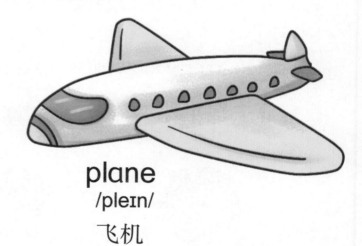

school bus
/sku:l/ /bʌs/
校车

bicycle
/'baɪsɪkl/
自行车

练习题

 练习 1 请根据例句完成下面的句子。

例句：

I go to school by bus.

校车

I go to school by _____.

I go to _____.

练习 2 请问：从北京到上海，乘坐哪种交通工具比较合适？写出它的英语单词。

回答：_____

请问：从家到学校，乘坐哪种交通工具比较合适？写出它的英语单词。

回答：_____

请问：从北京到美国，乘坐哪种交通工具比较合适？写出它的英语单词。

回答：_____

3 练习 请问他们分别乘坐的是哪种交通工具？把它们的英文单词写在横线上。

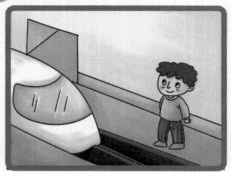

认一认建筑物

school
/sku:l/
学校

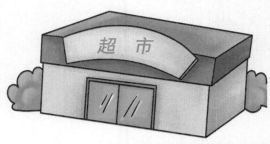

supermarket
/ˈsu:pəmɑ:kɪt/
超市

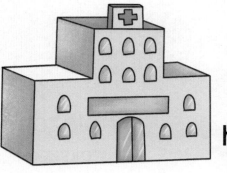

hospital
/ˈhɒspɪtl/
医院

cinema
/ˈsɪnəmə/
电影院

park
/pɑ:k/
公园

museum
/mju:ˈzɪəm/
博物馆

farm
/fa:m/
农场

factory
/'fæktəri/
工厂

bank
/bæŋk/
银行

plaza
/'pla:zə/
广场

restaurant
/'restrɒnt/
饭店

library
/'laɪbrərɪ/
图书馆

练习题

 练习 观察图中人物所在的地方，根据图片把英文单词填写完整。

su_e_m_r_et

p_ _k

b_ _k

ine _

s_h_ _l

m_s_um

_ar_

l_ _r_ry

认一认方向

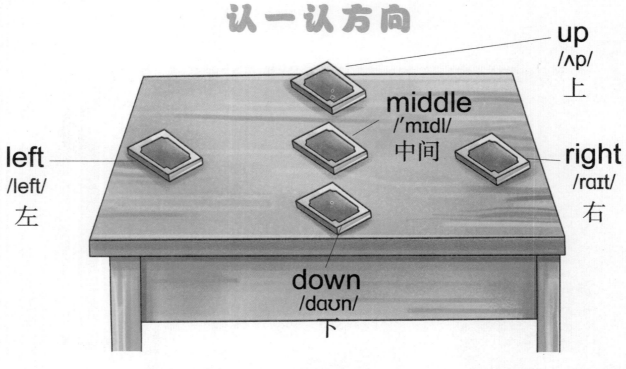

up
/ʌp/
上

middle
/'mɪdl/
中间

left
/left/
左

right
/raɪt/
右

down
/daʊn/
下

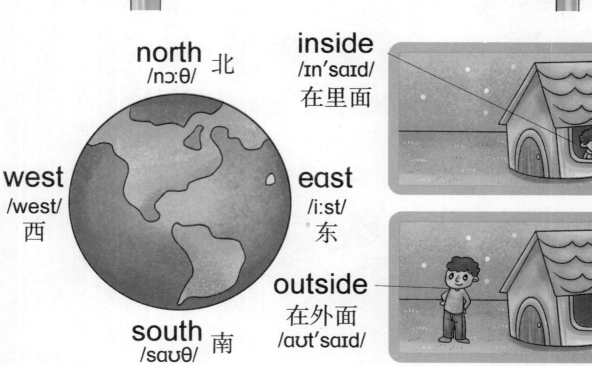

north 北
/nɔːθ/

inside
/ɪn'saɪd/
在里面

west
/west/
西

east
/iːst/
东

south 南
/saʊθ/

outside
在外面
/aʊt'saɪd/

练习题

 1 请问魔方分别在桌子的哪边？将英文单词写在方框内。

2 请问小朋友分别从哪个方向走过来？说出它的英文单词。

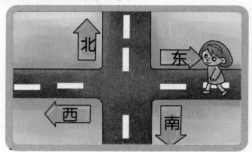
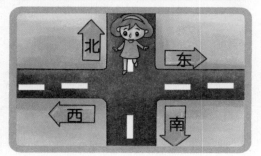
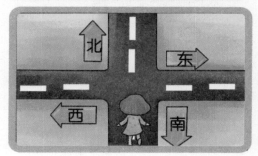

认一认学习用品

pencil
/pensl/
铅笔

eraser
/ɪˈreɪzə/
橡皮

pen
/pen/
钢笔

ruler
/ˈruːlə/
尺子

notebook
/ˈnəʊtbʊk/
笔记本

bag
/bæg/
书包

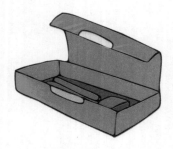

pencilbox
/penslbɔks/
铅笔盒

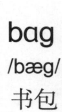

textbook
/ˈtekstbʊk/
课本

练习题

 练习 请分别写出学习用品对应的英语单词。

认一认洗漱用品

mirror
/ˈmɪrə/
镜子

towel
/ˈtaʊəl/
毛巾

washbasin
/ˈwɒʃbeɪsn/
洗脸盆

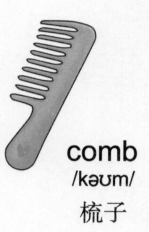

comb
/kəʊm/
梳子

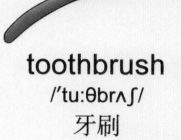

toothbrush
/ˈtuːθbrʌʃ/
牙刷

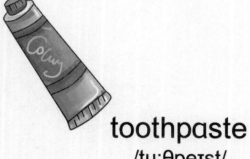

toothpaste
/tuːθpeɪst/
牙膏

handkerchief
/ˈhæŋkətʃɪf/
手帕

练习题

 根据图片,把英文单词补充完整。

mi__o__

tooth ____

co__b

____ paste

wa__hb__sin

 根据例句,把句子补充完整。

例句:

It is a mirror.

这是一面镜子。

It is _____s.

It is a _____.

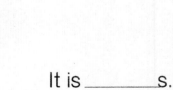

It is _____s.

认一认日常用品

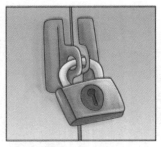

lock
/lɒk/
锁

bulb
/bʌlb/
灯泡

battery
/'bætrɪ/
电池

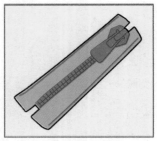

zipper
/'zɪpə/
拉链

button
/'bʌtn/
纽扣

needle
/'niːdl/
针

clock
/klɒk/
钟

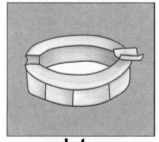

ashtray
/'æʃtreɪ/
烟灰缸

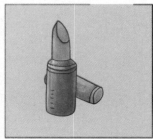

lipstick
/'lɪpstɪk/
唇膏

练习题

练习 1 请将下列物品与它们对应的英文单词连线。

needle   bulb   lock   battery   ashtray   button

练习 2 请在下图中找到 zipper、lipstick、clock、bulb、battery 这些物品。

比一比

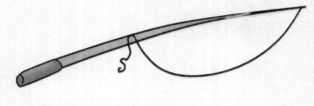

long
/lɒŋ/
长的

short
/ʃɔːt/
短的

tall
/tɔːl/
高的

low
/ləʊ/
矮的

fast
/fɑːst/
快的

slow
/sləʊ/
慢的

big
/bɪg/
大的

small
/smɔːl/
小的

我的餐具

bowl
/bəʊl/
碗

chopstick
/ˈtʃɒpstɪk/
筷子

spoon
/spuːn/
勺子

plate
/pleɪt/
盘子

cup
/kʌp/
杯子

fork
/fɔːk/
叉子

练习题

练习 1 请写出它们的反义词。

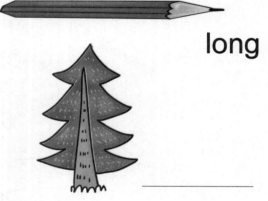 long

 _____

 _____

 low

 big

 _____

练习 2 请把下面的英文单词与正确的实物图相连。

bowl   chopsticks   cup

认一认动作

sit
/sɪt/
坐

listen
/'lɪsn/
听

drink
/drɪŋk/
喝

look
/lʊk/
看

eat
/iːt/
吃

smell
/smel/
闻

shout
/ʃaʊt/
喊

walk
/wɔːk/
走

say
/seɪ/
说

fly
/flaɪ/
飞

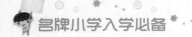

练习题

练习 1 根据图片,写出表示该动作的英文单词。

_____

_____

_____

_____

_____

练习 2 请把图片和相对应的英文单词相连。

listen   drink   look   walk   say

认一认职业

doctor
/'dɒktə/
医生

teacher
/'tiːtʃə/
老师

driver
/'draɪvə/
司机

farmer
/'fɑːmə/
农民

police
/pə'liːs/
警察

cook
/kʊk/
厨师

worker
/'wɜːkə/
工人

111

练习题

练习 1 请把下图中的英语单词补全。

练习 2 请根据例句完成下面的对话。

例句： What do you do?

你是做什么的?

What do you do?

_____ .

I am a farmer.
我是个农民。

What_____?

I am _____ .

我的一天

get up　　have breakfast　go to school

study　　have lunch　　play game

have supper　　wash　　sleep

练习题

1 看看图中的小朋友在做什么，写出相应的英文单词。

_____

_____

_____

_____

2 请根据例句完成下面的对话。

例句：　What is she doing?
　　　　她在做什么？

　　　　She is having breakfast.
　　　　她在吃早饭。

What is she doing?

She is _____.

What is she doing?

She is _____.

认一认花草树木

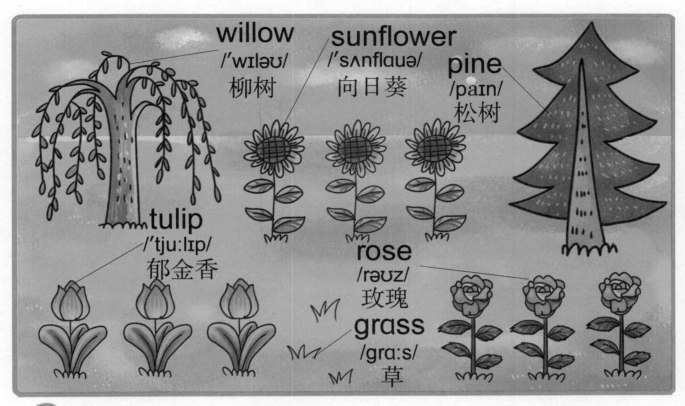

willow /ˈwɪləʊ/ 柳树

sunflower /ˈsʌnflaʊə/ 向日葵

pine /paɪn/ 松树

tulip /ˈtjuːlɪp/ 郁金香

rose /rəʊz/ 玫瑰

grass /grɑːs/ 草

 练习 请将与图片对应的英文单词写在横线上。

 _____

_____ (pine)

 _____

 _____

 _____

 _____

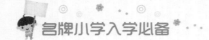

认一认自然景观

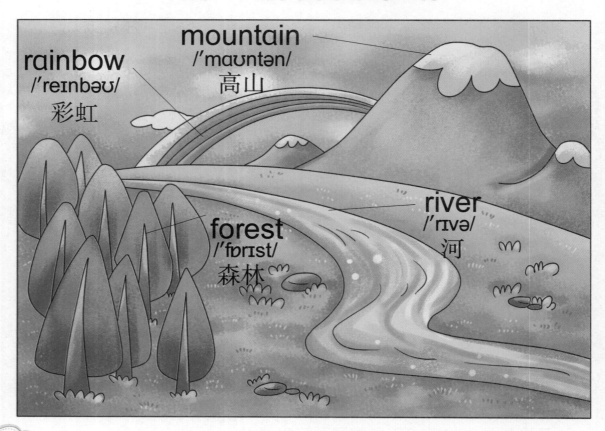

rainbow
/ˈreɪnbəʊ/
彩虹

mountain
/ˈmaʊntən/
高山

forest
/ˈfɒrɪst/
森林

river
/ˈrɪvə/
河

练 习 请将与图片相应的英文单词写在横线上。

我的爱好

write
/raɪt/
写作

paint
/peɪnt/
绘画

read
/riːd/
阅读

sing
/sɪŋ/
唱歌

dance
/dɑːns/
舞蹈

travel
/ˈtrævl/
旅行

sport
/spɔːt/
体育运动

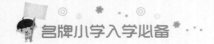
读一读句子

What is your hobby?

你的爱好是什么？

My hobby is sport.
我的爱好是体育。

What is your hobby?

你的爱好是什么？

My hobby is singing.
我的爱好是唱歌。

 练习 1 请根据例句完成下面的句子。

例句：

My hobby is reading.

My _____ .

My hobby is _____ . _____ .

练习题

练习 2 请读一读下面的对话,试着询问自己的家人。

Tutu:What is your hobby?

兔兔:你的爱好是什么?

Dad:My hobby is reading.

兔爸爸:我的爱好是阅读。

Mum:My hobby is shopping.

兔妈妈:我的爱好是购物。

Grandpa:My hobby is writing.

兔爷爷:我的爱好是写作。

Grandma:My hobby is traveling. And what is your hobby, baby?

兔奶奶:我的爱好是旅行。我的宝贝,你的爱好是什么呢?

认一认电话

telephone
/'telɪfəʊn/
电话机

mobile phone
/'məʊbaɪl/ /'fəʊn/
手机

public telephone
/'pʌblɪk/ /'telɪfəun/
公用电话

ring
/rɪŋ/
打电话

Alice:Hello! This is 88733652.

爱丽丝:你好,这里是 88733652。

Mingming: Hello! May I speak to Alice, please?

明明:你好, 我可以跟爱丽丝通话吗?

Alice:This is Alice speaking.

爱丽丝:我是爱丽丝。

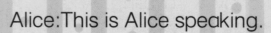

练习题

 练习 1 练习打电话,完成下面两人的对话。

Qiaoqiao:Hello, this is 55326841.

Qiaoqiao:_____is Qiaoqiao_____.

Linlin:_____! May I _____ to Qiaoqiao, _____?

 练习 2 根据图片写英文单词。

public _____

te_e_h_ne

_____ phone

_____

问路

Excuse me, can you tell me the way to the hospital?

对不起,打扰一下,你能告诉我去医院的路怎么走吗?

Excuse me, can you tell me the way to the park?

对不起,打扰一下,你能告诉我去公园的路怎么走吗?

Excuse me, can you tell me the way to the museum?

对不起,打扰一下,你能告诉我去博物馆的路怎么走吗?

Excuse me, can you tell me the way to the supermarket?

对不起,打扰一下,你能告诉我去超市的路怎么走吗?

练习题

练习 问路练习，请根据图片补全句子。

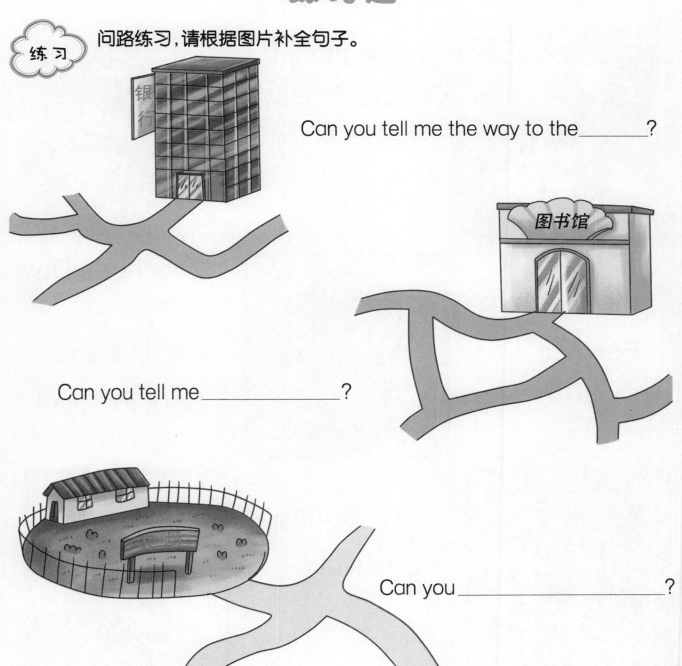

Can you tell me the way to the_____?

Can you tell me_____?

Can you_____?

认一认节日

International Children's Day
国际儿童节

Teacher's Day
教师节

the Lantern Festival
元宵节

the Dragon Boat Festival
端午节

the Spring Festival
春节

Mid-Autumn Festival
中秋节

National Day
国庆节

Christmas
圣诞节

New Year's Day
元旦

练习题

练习　将图片与相应的英文单词相连。

Christmas　　　　the Dragon Boat Festival　　　　International Children's Day

the Lantern Festival　　　　Mid-Autumn Festival　　　　Teacher's Day

表示祝福的句子

Happy New Year!

新年快乐！

Merry Christmas!

圣诞快乐！

Happy Teacher's Day!

教师节快乐！

Best wishes to you!

衷心祝福你！

Have a nice day!

祝你有愉快的一天！

Congratulations!

祝贺你！

练习题

练习 1 仔细看下图,在相应对话中选择一句合适的祝福语在它前画"√"。

☐ Happy New Year!   ☐ Happy New Year!   ☐ Have a nice day!

☐ Merry Christmas!   ☐ Happy Teacher's Day!   ☐ Congratulations!

练习 2 请根据图片补全下面的对话。

Jingjing: Merry Christmas!

Liangliang: _____!

Jingjing: Have a _____!

Liangliang: _____!

认一认时间

It is ten o'clock.

It is eleven o'clock.

 What time is it?

It is _____ o'clock.

It is _____ .

It _____ .

_____ .

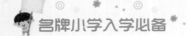

学短语

I am sorry!

对不起。

Not at all!

没关系。

Thank you!

谢谢。

That is all right!

不用谢。

Thanks.

谢谢。

You are welcome.

不用客气。

练习题

练习 1 小强把亮亮的玩具弄坏了，他们会说些什么呢？

Xiaoqiang: I am sorry!

Liangliang: _____!

练习 2 亮亮送了一个玩具给小强，他们又会说些什么呢？

Xiaoqiang: Thank you!

Liangliang: _____!

练习 3 小明不小心打碎了花瓶，妈妈很生气。小明该怎么说呢？

Xiaoming: _____.

练习 4 芊芊帮小明捡起了他不小心丢掉的书，他们会说些什么呢？

Xiaoming: _____!

Qianqian: _____.

认一认家用电器

fridge
/frɪdʒ/
电冰箱

television
/ˈtelɪvɪʒn/
电视机

camera
/ˈkæmərə/
照相机

iron
/ˈaɪən/
熨斗

washing machine
/ˈwɒʃɪŋ/ /məˈʃiːn/
洗衣机

flashlight
/ˈflæʃlaɪt/
手电筒

electric fan
/ɪˈlektrɪk/ /fæn/
电风扇

练习题

练 习 　仔细找一找下图中有哪几样家用电器，在横线上写出它们的英文单词。

_____　　_____　　_____

_____　　_____　　_____

认一认武器

gun
/gʌn/
枪

tank
/tæŋk/
坦克

rocket
/ˈrɒkɪt/
火箭

landmine
/ˈlændmaɪn/
地雷

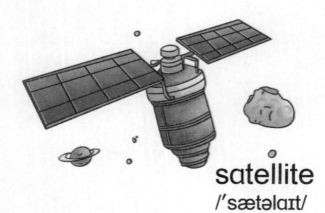

satellite
/ˈsætəlaɪt/
人造卫星

submarine
/sʌbməˈriːn/
潜水艇

练习题

练习 1 请把图片与对应的英文单词相连。

rocket   landmine   satellite   submarine   tank   gun

练习 2 请根据图片补全下面的句子。

例句：

What color is it?

It is black.

What color is it?

It is_____.

What color is it?

It is_____.

What color is it?

It is_____.

认一认学科

english
/'ɪnglɪʃ/
英语

math
/mæθ/
数学

chemistry
/'kemɪstrɪ/
化学

science
/'saɪəns/
科学

biology
/baɪ'ɒlədʒi/
生物学

physics
/'fɪzɪks/
物理学

练习题

练 习 仔细看图,说出它们分别表示的是什么科目,并写出相应的英文单词。

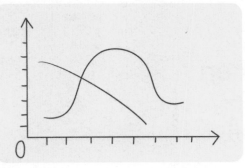

米饭=rice
水=water

_____   _____

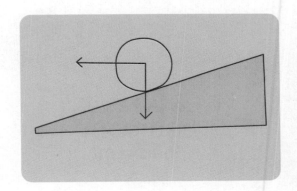

_____   _____

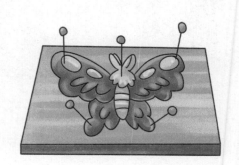

_____   _____

认一认房间（一）

kitchen
/'kɪtʃɪn/
厨房

restroom
/'restruːm/
洗手间

bedroom
/'bedruːm/
卧室

balcony
/'bælkənɪ/
阳台

salon
/'sælɒn/
客厅

garage
/'gærɑːʒ/
车库

练习题

 请问这些东西分别是放在哪个房间的？写出这些房间的英文单词。

_____

_____   _____

 找一找盒子在哪里。根据例句完成下面的句子。

  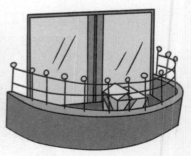

例句：

Where is the box?

It is in the bedroom.

Where is the box?

It is in the _____ .

Where is the box?

It is _____ .

认一认房间（二）

waiting room
/'weɪtɪŋ ruːm/
候车室

clinic
/'klɪnɪk/
诊所

dining room
/'daɪnɪŋ ruːm/
餐厅

reading room
/'riːdɪŋ ruːm/
阅览室

classroom
/'klɑːsruːm/
教室

office
/'ɒfɪs/
办公室

练习题

 练习　请根据例句完成下面的句子。

例句： Where are you?

I am in the classroom.

Where are you?

I am in the _____ .

Where are you?

I am _____ .

Where are you?

_____ .

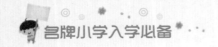
认一认反义词

dirty
/ˈdɜːtɪ/
脏

clean
/kliːn/
干净

heavy
/ˈhevi/
重的

light
/laɪt/
轻

poor
/pɔː/
穷

rich
/rɪtʃ/
富有

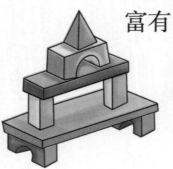

hard
/haːd/
难

easy
/ˈiːzɪ/
简单

练习题

 练 习 请根据例句完成下面的句子。

例句：

It is too light.

It is too heavy.

It is too _____.

It is too _____.

It is too _hard_

It is too _ease_

It is too _____.

It is too _____.

称赞别人

You are very beautiful!

你很漂亮！

You are very brave!

你很勇敢！

You are very strong!

你很坚强！

You are very clever!

你很聪明！

It is very fresh!

它很新鲜！

You are very lovely!

你很可爱！

练习题

练习 请根据例句完成下面的句子。

You are very _____!

例句： You are very brave!

It is very _____!

You _____!

$7 - 1 = 6$

You are very _____!

You are _____!

认一认动物

tiger
/ˈtaɪɡə/
老虎

panda
/ˈpændə/
熊猫

penguin
/ˈpeŋɡwɪn/
企鹅

butterfly
/ˈbʌtəflaɪ/
蝴蝶

wolf
/wʊlf/
狼

eagle
/ˈiːɡl/
老鹰

horse
/hɔːs/
马

bird
/bɜːd/
鸟

tortoise
/'tɔːtəs/
龟

fish
/fɪʃ/
鱼

mouse
/maʊs/
老鼠

snake
/sneɪk/
蛇

名牌小学入学必备

练习题

练习 **1** 认一认下图中的动物，把它们的英文单词写在横线上。

_____

_____

_____

_____

148

2 练习 认一认下图中的动物,把它们的英文单词写在横线上。

_____

_____

_____

_____

唱一唱儿歌

小星星

1=C

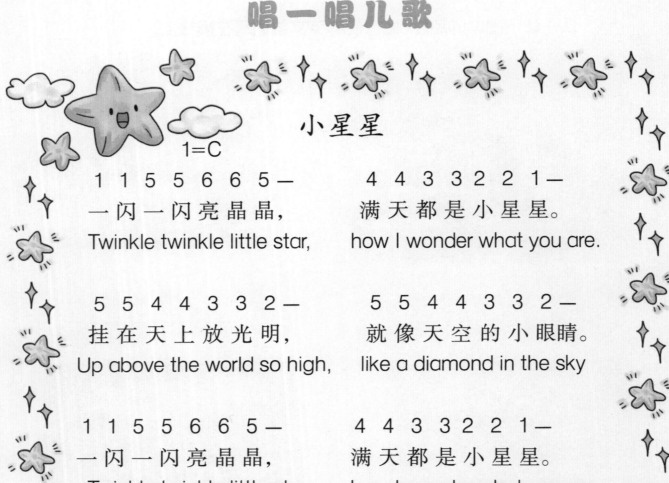

1 1 5 5 6 6 5 —　　　4 4 3 3 2 2 1—
一 闪 一 闪 亮 晶 晶，　　满 天 都 是 小 星 星。
Twinkle twinkle little star,　　how I wonder what you are.

5 5 4 4 3 3 2 —　　　5 5 4 4 3 3 2 —
挂 在 天 上 放 光 明，　　就 像 天 空 的 小 眼 睛。
Up above the world so high,　　like a diamond in the sky

1 1 5 5 6 6 5 —　　　4 4 3 3 2 2 1—
一 闪 一 闪 亮 晶 晶，　　满 天 都 是 小 星 星。
Twinkle twinkle little star,　　how I wonder what you are.

读一读故事

One day,a little monkey is playing by a well.

一天,有只小猴子在一口井边玩耍。

He looks into the well and shouts to other monkeys:

他往这井里一瞧,赶忙招呼其他猴子:

"Oh! My god! The moon has fallen into the well!"

"噢！我的天！月亮掉到井里头啦！"

An older monkey runs over, takes a look and says,

一只大猴子跑来一看，说:

"How terrible! The moon is really in the water!"

"糟啦！月亮真掉井里头啦！"

And the oldest monkey comes over too.

老猴子也跑了过来。

He is very surprised as well and cries out:

他也非常惊奇，喊道：

"The moon is in the well."

"月亮在井里头了！"

A group of monkeys hear his cry.

一群猴子听到了他的喊声。

They quickly run over the well.

他们赶紧跑到井边来。

They see the moon in the well.

他们看到井里的月亮。

They are all very worried and shout:

他们都十分担心，喊道：

"The moon did fall into the well! Come on, quick! Let's get it out!"

"月亮真掉井里头啦！快来！让我们把它捞起来！"

Then,the oldest monkey hangs on the tree upside down,with his feet on the branch.

然后,老猴子倒挂在大树上,

And he pulls the next monkey's feet with his hands.

拉住大猴子的脚,

All the other monkeys follow his suit,

其他的猴子一个个跟着,

And they join each other one by one down to the moon in the well.

他们一只连着一只直到井里。

Just before they reach the moon,the oldest monkey raises his head and happens to see the moon in the sky,

猴子们正要摸着月亮的时候，老猴子抬了抬头，猛地看到了天上的月亮。

He yells excitedly, "Stop being foolish! The moon is still hanging well in the sky!"

他兴奋地大叫：“别犯傻了！月亮还好好地挂在天上呢！”

练习 1 请根据字母的先后顺序，画出正确的路线。

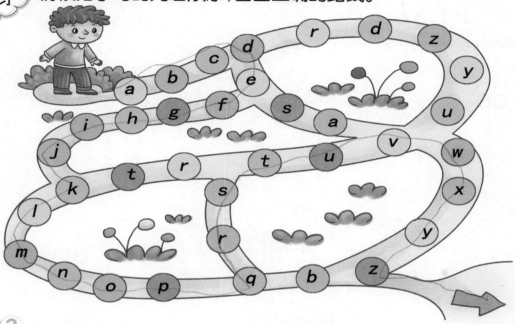

练习 2 下图中，只有一张图片与英文单词不对应，请在它旁边的方框内画"✗"。

 ☑ banana

 ✗ orange

 ☑ boy

 ☑ girl

 ☑ cake

 ☑ noodle

 ✗ navy

 ☑ doctor

3
练习

仔细想一想，把它们的英文单词补完整。

a_ac_s

b _ _

_le_h_nt

_o_k

_e_el

_on_ey

_ra_ge

__ee

_m_re__a

_i_e

_og_

_e_ra

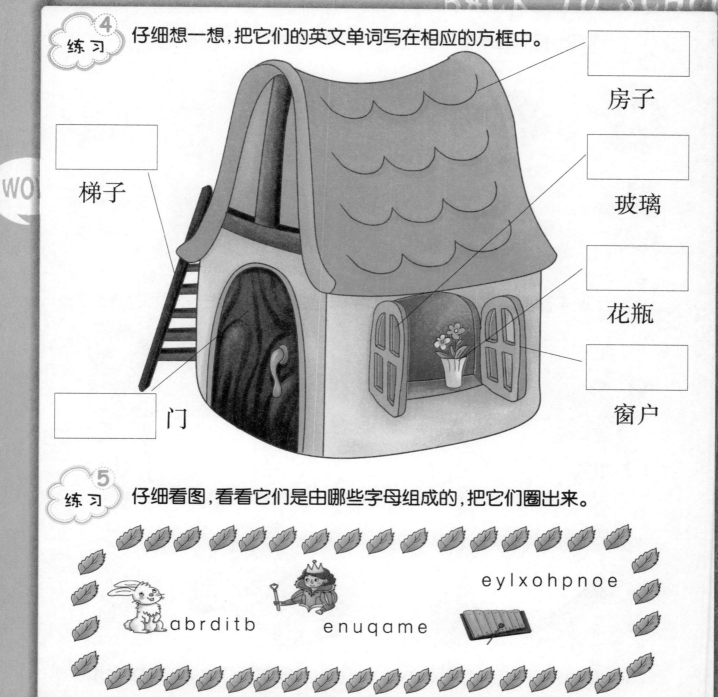

练习 4 仔细想一想,把它们的英文单词写在相应的方框中。

房子

玻璃

花瓶

窗户

梯子

门

练习 5 仔细看图,看看它们是由哪些字母组成的,把它们圈出来。

eylxohpnoe

abrditb

enuqame

BACK TO SCHOOL

159

练习 6 请写出相应的大小写字母。

练习 7 下图中哪些英文单词的第一个字母是相同的？请把它们相互连起来。

baby   car   desk   judge

cake   duck   jeep   bear

综合练习题（二）

练习 1 请根据图片把英文单词写在方框里。

头发　　耳朵　　手　　胳膊

鼻子　　眼睛　　腿　　脚

练习 2 请把首字母相同的英文单词相互连起来。

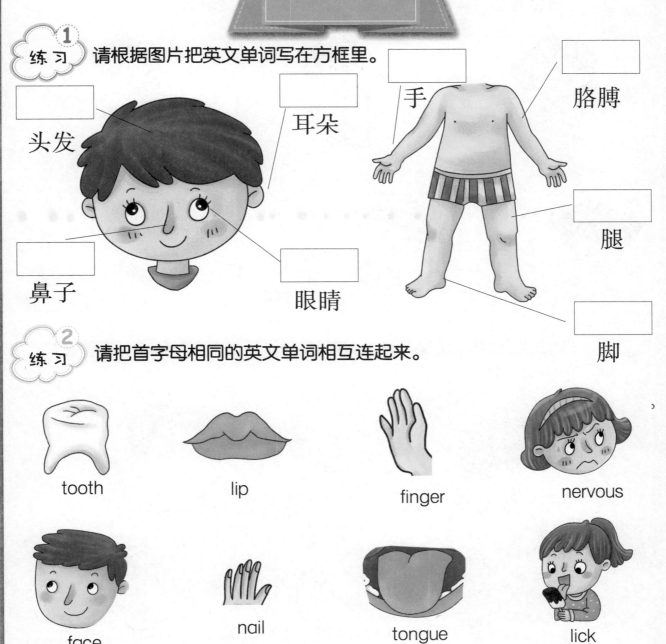

tooth　　lip　　finger　　nervous

face　　nail　　tongue　　lick

161

WOW

练习 3 仔细看图片中的动作，写出与之相应的英文单词。

clap
站

run
跑

Jump
跳

cough
打哈欠

burp
咳嗽

wink
眨眼睛

练习 4 仔细看图片相应的英文单词，若英文单词正确，在其旁边的圆圈内打"√"；若错误，打"×"。

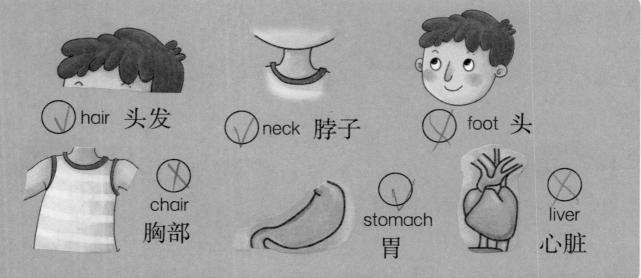

√ hair 头发

√ neck 脖子

× foot 头

× chair 胸部

stomach 胃

× liver 心脏

练习 1 请参照英文单词为它们填色。

red

black

yellow

pink

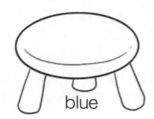

blue

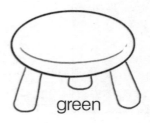

green

练习 2 数一数，写出表示它们的数量的英文单词。

练习 3 请根据图片和英文单词的第一个字母，将英文单词补充完整。

 s _____
春天

 a _____
秋天

 C _____
圣诞节

M _____
三月

 c _____
阴天

 s _____
下雪天

练习 4 请写出它们的英文单词。

 _____
西瓜

 _____
草莓

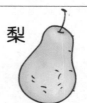 _____
梨

 _____
土豆

 _____
西红柿

茄子

5 练习 请在右边的三角旗上写出相应乐器的英文名称。

6 练习 请根据单词字母的先后顺序依次连线，看看它们分别是什么。

bowl
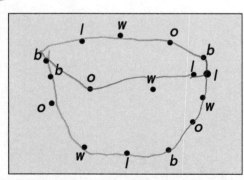

snoop
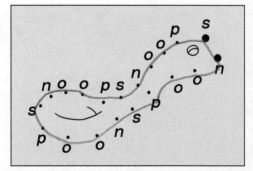

练习 7 请把图片与它相应的英文单词连一连。

milk　　cheese　　pizza　　rice　　water　　noodle

练习 8 请根据前后句，完成下面的对话。

Hi!

_____!

_____?

Fine,and you?

I'm fine. _____.

9 练习　根据图片把英文单词补充完整。

Ch_ina

Can_ada

G_r_an_

Br_t_in

Ameri_a

France

10 练习　根据例子,在方框里填上正确的词组。

turn left

middle

练习 11 根据图片，在横线上写出它们的英文单词。

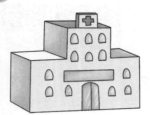 _____

 _____

 _____

 _____

练习 12 看一看图中的表情，把相对应的英文单词与图片连起来。

smile   nervous   shy   happy   cry

练习 1 仔细观察图中的人物，在横线上写出表示他们职业的英文单词。

_____   _____   _____

练习 2 仔细看图，在方框内写出这些物品的英文单词。

3 请找出这些英文单词在下图中出现的位置。

forest rainbow sunflower tulip pine mountain

WOW

 4 仔细看图中的动作, 将之与其相应的英文单词相连。

paint

sing

get up

sleep

170

5
练习 仔细看图,在后面的四句话中找出两幅图画的英语句子,写在横线上。

_____ .   _____ .

对不起。   圣诞快乐!   我的爱好是写作。   祝你有愉快的一天!

6
练习 仔细看图,将英文单词补充完整。

_ r i _ g e

_ a t _

M_d-A_tumn Fe_tival

g _ _

_ f f _ c e

7 练习 看图并在横线上写出它们的英文单词或句子。

_____

_____

_____   _____   _____

重的

吃午饭

_____

祝贺你!

你很漂亮!

_____   _____